小鳄鱼大嘴巴系列

六一舞会

朱惠芳/文　　王祖民/图

上海教育出版社
SHANGHAI EDUCATIONAL
PUBLISHING HOUSE

今天是六月一日，小鳄鱼
可是盼了好多天了。

小鳄鱼和小伙伴们要举办一场六一舞会，地点早就选好了，就在河边的草地上。

咚咚咚！咚咚咚！

　　小狐狸打起了欢乐的鼓点，小鳄鱼
和小伙伴们跳起了舞。

大家正跳得起劲的时候，
河里爬出来一只小螃蟹。

原来，河里也在举行六一舞会。小狐狸的鼓声那么响，吵得大家不能跳舞了。

小鳄鱼和小伙伴们离开河边，
又找到了一个小山坡。

下来！
点停下来！

可是，鼓声刚响起来，小伙伴们刚跳起来，地洞里钻出来一只黑黑的小鼹鼠。

原来，地洞里也在举行六一舞会。小鳄鱼和小伙伴们一跳舞，地洞里就像打起了雷，把小动物们吓坏了。

　　小鳄鱼和小伙伴们只好离
开了小山坡，来到了一棵大树
下。绿绿的树荫像一把伞，在
这里跳舞一定很凉爽。

这次，小鳄鱼让小伙伴们先在四周瞧了又瞧，忽然发现树上的小鸟们也在举行六一舞会。不过，小鳄鱼想出了一个好办法。

唉，这里也不能举办舞会了。

不，这里能举办舞会。我们要举办六一舞会，请你们来为我们伴唱，好吗？

　　小狐狸的鼓敲起来了，小鸟们的歌声响起来了，小鳄鱼和小伙伴们的舞跳起来了。这次的六一舞会精彩极了！

游戏开心乐

好玩的泡泡

在六一舞会上，来了一位魔术师，他吹出了好多神奇的泡泡。在满天的泡泡中，有5对一模一样的泡泡，你能找出来吗？

六一礼物

六一舞会上，动物们要通过特定的跑道，获得终点的气球。请你用笔引导他们沿着跑道跑到终点，小心不要画出界哟！

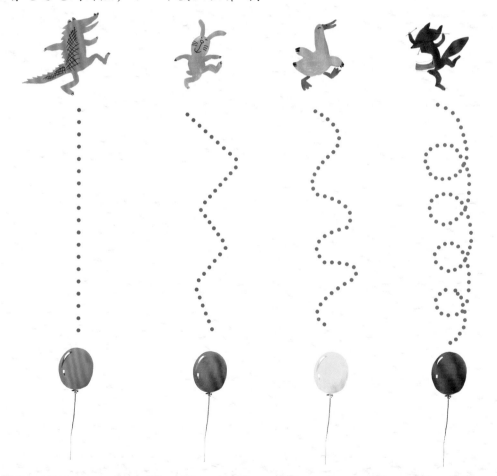

朱惠芳

幼儿教师，江苏省作家协会会员。工作之余创作童话，在国内幼儿杂志上发表400多篇童话，近年来出版绘本系列《我来保护你》《生命的故事》等。

王祖民

苏州桃花坞人。大学毕业后一直从事童书出版和儿童绘画工作。近几年致力于儿童绘本的创作，喜欢探索各种绘画方式，以期呈现给儿童丰富多彩的画面。"我很庆幸毕生能为天真无邪的孩子们画画，很享受画画的愉悦。"

图书在版编目（ＣＩＰ）数据

六一舞会 / 朱惠芳文；王祖民图 .
—上海：上海教育出版社，2018.4
（看图说话绘本馆．小鳄鱼大嘴巴系列）
ISBN 978-7-5444-8284-4

Ⅰ．①六… Ⅱ．①朱…②王… Ⅲ．①儿童故事－图画故事－中国－当代 Ⅳ．① I287.8

中国版本图书馆 CIP 数据核字 (2018)
第 069345 号

看图说话绘本馆·小鳄鱼大嘴巴系列
六一舞会

作　者　朱惠芳/文　王祖民/图
责任编辑　管　倚
美术编辑　王　慧　林炜杰
封面书法　冯念康

出版发行　上海教育出版社有限公司
官　网　www.seph.com.cn
地　址　上海市永福路 123 号
邮　编　200031
印　刷　上海昌鑫龙印务有限公司

开　本　787×1092 1/24 印张 1
版　次　2018 年 4 月第 1 版
印　次　2018 年 4 月第 1 次印刷
书　号　ISBN 978-7-5444-8284-4/I · 0105
定　价　15.00 元

如发现质量问题，请向本社调换　电话 021-64377165